L .   SIL

... Malcolm X
prononcé à Cleveland (Ohio),
3 avril 1964

suivi de

NOUS FORMONS UN SEUL ET MÊME PAYS

Discours sur les droits civiques
prononcé par John Fitzgerald Kennedy,
11 juin 1963

Éditions Points

Conseiller éditorial : Yves Marc Ajchenbaum

Pour le texte original de Malcolm X :
www.teachingamericanhistory.org
Pour le texte original de John F. Kennedy :
www.wikisource.org

ISBN 978-2-7578-2200-5

Sommaire

« Le vote ou le fusil »

Discours de Malcolm X
prononcé à Cleveland (Ohio),
le 3 avril 1964

Autant Malcolm X attire les jeunes du ghetto, autant ceux qu'il appelle les « oncles Tom », cette bourgeoisie noire qui a su se faire une place dans la société blanche, le détestent. Il fait aussi terriblement peur : dans l'esprit de l'Américain moyen, il incarne la haine. Il refuse le principe de l'intégration de la communauté noire dans la société américaine et annonce la supériorité génétique de l'homme noir sur le Blanc. Perpétuellement sous tension, il remplit les salles, subjugue son auditoire à coups de formules explosives et enflamme le sous-prolétariat noir. « J'avais l'instinct du ghetto [...], écrira-t-il dans son autobiographie, je parlais son langage. » Il traduit sa colère aussi et y mêle l'éloquence rythmée des pasteurs noirs des églises protestantes. En ce début des années soixante, dans nombre de ghettos de la côte Est des États-Unis, il incarne l'homme qui a su quitter le ruisseau, la drogue et l'alcool, et avec l'aide de sa nouvelle foi en l'islam, qui s'est reconstruit et est devenu un leader. Il n'est plus Malcolm Little, nom que le Blanc esclavagiste avait imposé à sa famille dans le passé, il est Malcolm X.

Le 3 avril 1964, il se rend à Cleveland, ville industrielle et ouvrière de l'Ohio, pour développer ses idées sur le rôle politique de la communauté noire. Il a,

depuis quelques mois, rompu avec l'organisation musul-
mane Nation of Islam qu'il avait contribué à déve-
lopper. Son discours a évolué : s'il demeure un homme
attaché à l'islam, il s'éloigne peu à peu des théories
séparatistes et racistes de son maître à penser Elijah
Muhammad, le leader des musulmans noirs améri-
cains. Il a voyagé hors des États-Unis, son esprit s'est
ouvert : il accepte, peu à peu, l'idée d'un travail
commun avec ceux qu'il appelle les « Blancs sin-
cères ». La peau blanche n'est plus l'incarnation du
mal. Mais aux États-Unis le combat antiraciste est
un engagement risqué, parfois mortel. Malcolm X
se sait condamné. La mort le surprend dans une
salle de bal de New York, le 21 février 1965. La
salle était comble, il n'avait pas encore commencé
son discours.

Discours de Malcolm X

The question tonight, as I understand it, is « The Negro Revolt, and Where Do We Go From Here ? » or « What Next ? » In my little humble way of understanding it, it points toward either the ballot or the bullet. Before we try and explain what is meant by the ballot or the bullet, I would like to clarify something concerning myself. I'm still a Muslim ; my religion is still Islam. That's my personal belief. [...] Just as Dr. Martin

La question ce soir, telle que je la comprends, se pose ainsi : « La révolte des Noirs, et où allons-nous à partir de là ? », ou : « Et après ? » Telle que je la comprends à ma modeste manière, elle désigne le vote ou le fusil[1].

Avant d'essayer d'expliquer ce que j'entends par là, j'aimerais clarifier un point à mon sujet. Je suis toujours musulman ; ma religion est toujours l'islam. C'est ma foi personnelle. [...] Tout comme le docteur

---

1. À rapprocher de l'expression « l'urne ou le fusil » née avec l'établissement du suffrage universel en France, en 1848. « La première expérience du suffrage universel opposa frontalement deux types de rapport au politique : d'un côté, une citoyenneté électorale, de l'autre, une citoyenneté insurrectionnelle. L'expression "l'urne ou le fusil" est constamment brandie au XIXe siècle : par les caricaturistes (comme Bosredon et Daumier), par les journalistes et les hommes politiques (comme Victor Hugo). Elle sera théorisée par les partisans de l'action directe ou du syndicalisme révolutionnaire comme deux moyens d'accès au pouvoir parfaitement irréconciliables. » (cf. Olivier Ihl, « L'urne et le fusil. Sur les violences électorales lors du scrutin du 23 avril 1848 », *Revue française de science politique*, février 2010, vol. 60, n° 1 p. 9-35). (*N.d.T.*)

Luther King is a Christian minister down in Atlanta, Georgia, who heads another organization fighting for the civil rights of black people in this country ; and Reverend Galamison, I guess you've heard of him, is another Christian minister in New York who has been deeply involved in the school boycotts to eliminate segregated education ; well, I myself am a minister, not a Christian minister, but a Muslim minister ; and I believe in action on all fronts by whatever means necessary.

Although I'm still a Muslim, I'm not here tonight to discuss my religion. I'm not here to try and change your religion. I'm not here to argue or discuss anything that we differ about, because it's time for us to submerge our differences and realize that it is best for us to first see that we have the same problem, a common problem, a problem that will make you catch hell whether you're a Baptist, or a Methodist, or a Muslim, or a nationalist. Whether you're educated or illiterate, whether you live on the boulevard or in the alley, you're going to catch hell just like I am. We're all in the same boat and we all are going to catch the same hell from the same man. He just happens to be a white man. All of us have suffered here, in this country, political oppression at the hands of the white man, economic exploitation at the hands of the white man, and social degradation at the hands of the white man.

Now in speaking like this, it doesn't mean that we're anti-white, but it does mean we're anti-exploitation, we're anti-degradation, we're anti-

Martin Luther King, le pasteur d'Atlanta, en Géorgie, qui dirige un autre mouvement de lutte pour les droits civiques des Noirs dans ce pays ; et le révérend Galamison – je pense que vous avez entendu parler de lui –, le pasteur de New York qui a largement contribué aux boycotts des écoles pour supprimer l'éducation ségrégationniste, je suis moi-même un ministre du culte, non pas chrétien, mais musulman, et je crois en l'action sur tous les fronts, par tous les moyens nécessaires.

Même si je suis toujours musulman, je ne suis pas ici ce soir pour parler de ma religion. Ni pour tenter de vous faire changer de religion. Ni pour discuter ou débattre de ce en quoi nous divergeons, car il est temps que nous perdions de vue nos différences pour nous rendre compte qu'il vaut mieux d'abord voir que nous avons le même problème, un problème commun, qui vous attirera la colère et la haine, que vous soyez baptiste, méthodiste, musulman ou nationaliste. Que vous soyez instruit ou illettré, que vous viviez sur un boulevard ou dans une ruelle, vous vous attirerez la colère et la haine, tout comme moi. Nous sommes tous dans le même bateau et nous allons essuyer les foudres du même homme. Il se trouve juste que c'est un Blanc. Nous avons tous subi ici, dans ce pays, l'oppression politique infligée par l'homme blanc, l'exploitation économique exercée par l'homme blanc, et la dégradation sociale imposée par l'homme blanc.

Mais s'exprimer ainsi ne veut pas dire que nous soyons contre les Blancs ; ça signifie que nous sommes contre l'exploitation, contre la dégradation et contre

oppression. And if the white man doesn't want us to be anti-him, let him stop oppressing and exploiting and degrading us. [...]

1964 threatens to be the most explosive year America has ever witnessed. The most explosive year. Why ? It's also a political year. It's the year when all of the white politicians will be back in the so-called Negro community jiving you and me for some votes. The year when all of the white political crooks will be right back in your and my community with their false promises, building up our hopes for a letdown, with their trickery and their treachery, with their false promises which they don't intend to keep. As they nourish these dissatisfactions, it can only lead to one thing, an explosion ; and now we have the type of black man on the scene in America today – I'm sorry, Brother Lomax – who just doesn't intend to turn the other cheek any longer.

[...] I'm not a politician, not even a student of politics ; in fact, I'm not a student of much of anything. I'm not a Democrat. I'm not a Republican, and I don't even consider myself an American. If you and I were Americans, there'd be no problem. Those Honkies that just got off the boat, they're already Americans ;

l'oppression. Et si l'homme blanc ne veut pas que nous soyons contre lui, faisons en sorte qu'il cesse de nous opprimer, de nous exploiter et de nous dégrader. [...]

L'année 1964 menace d'être la plus explosive que l'Amérique ait jamais connue. La plus explosive. Et pourquoi ? C'est aussi une année politique. Celle où tous les politiciens blancs reviendront dans la communauté noire pour nous embobiner, vous et moi, pour nous soutirer quelques votes. L'année où tous les politicards blancs roublards reviendront dare-dare dans votre communauté et la mienne avec leurs fausses promesses, attisant nos espoirs pour mieux nous décevoir, avec leur ruse et leur traîtrise, leurs fausses promesses qu'ils n'ont pas l'intention de tenir. Mais en nourrissant ces mécontentements, ils ne peuvent aboutir qu'à une chose : à une explosion ; et aujourd'hui, nous avons un type de Noir sur la scène politique en Amérique – excusez-moi, frère Lomax[1] – qui n'a plus l'intention de tendre l'autre joue.

[...] Je ne suis pas un politicien, pas même un étudiant en sciences politiques ; en fait, je ne suis étudiant en rien. Je ne suis pas un démocrate, ni un républicain, et je ne me considère même pas comme un Américain. Si vous et moi étions américains, il n'y aurait pas de problème. Ces sales Blancs qui viennent de débarquer, ils sont déjà américains ;

1. Louis E. Lomax (1922-1970), auteur et journaliste afro-américain, que Malcolm X désignait sous le nom de « frère ». (*N.d.T.*)

Polacks are already Americans ; the Italian refugees are already Americans. Everything that came out of Europe, every blue-eyed thing, is already an American. And as long as you and I have been over here, we aren't Americans yet.

Well, I am one who doesn't believe in deluding myself. I'm not going to sit at your table and watch you eat, with nothing on my plate, and call myself a diner. Sitting at the table doesn't make you a diner, unless you eat some of what's on that plate. Being here in America doesn't make you an American. Being born here in America doesn't make you an American. Why, if birth made you American, you wouldn't need any legislation ; you wouldn't need any amendments to the Constitution ; you wouldn't be faced with civil-rights filibustering in Washington, D.C., right now. They don't have to pass civil-rights legislation to make a Polack an American.

No, I'm not an American. I'm one of the 22 million black people who are the victims of Americanism. One of the 22 million black people who are the victims of democracy, nothing but disguised hypocrisy. So, I'm not standing here speaking to you as an American, or a patriot, or a flag-saluter, or a flag-waver – no, not I. I'm speaking as a victim of this American system. And I see America through the eyes of the victim. I don't see any American dream ; I see an American nightmare.

These 22 million victims are waking up. Their eyes are coming open. They're beginning to see what they used to only look at. They're becoming

les Polacks aussi ; tout comme les réfugiés italiens. Tout ce qui est venu d'Europe, tout ce qui a les yeux bleus, est déjà américain. Mais bien que vous et moi soyons là depuis longtemps, nous ne sommes pas encore américains.

Moi, je ne suis pas quelqu'un qui aime se bercer d'illusions. Je ne vais pas m'asseoir à votre table, vous regarder manger devant mon assiette vide, et dire que je dîne avec vous. Être assis à une table ne fait pas de vous un convive, sauf si vous mangez une partie du plat. Être ici en Amérique ne fait pas de vous un Américain. Être né en Amérique ne fait pas de vous un Américain. Enfin, si vous l'étiez par la naissance, vous n'auriez pas besoin d'une législation ; vous n'auriez pas besoin d'amender la Constitution ; vous ne seriez pas confronté à l'obstruction aux droits civiques faite à présent à Washington. On n'a pas à voter des lois sur les droits civiques pour faire d'un Polack un Américain.

Non, je ne suis pas américain. Je fais partie des 22 millions de Noirs qui sont victimes de l'américanisme. Qui sont victimes de la démocratie, qui n'est rien qu'une hypocrisie déguisée. Donc, je ne vous parle pas ici en tant qu'Américain, en tant que patriote, en tant qu'homme qui agite ou salue le drapeau – non. Je parle en tant que victime de ce système américain. Et je vois l'Amérique par les yeux de la victime. Je ne vois pas de rêve américain, mais un cauchemar américain.

Aujourd'hui, ces 22 millions de victimes se réveillent. Et leurs yeux se dessillent. Elles commencent à voir ce qu'il y a sous leur nez. Elles

*politically mature. They are realizing that there are
new political trends from coast to coast. As they see these
new political trends, it's possible for them to see that
every time there's an election the races are so close that
they have to have a recount. They had to recount in
Massachusetts to see who was going to be governor, it
was so close. It was the same way in Rhode Island, in
Minnesota, and in many other parts of the country.
And the same with Kennedy and Nixon when they
ran for president. It was so close they had to count all
over again. Well, what does this mean ? It means that
when white people are evenly divided, and black
people have a bloc of votes of their own, it is left up to
them to determine who's going to sit in the White
House and who's going to be in the dog house. [...]*

*So it's time in 1964 to wake up. [...] Let them know
your eyes are open. And let them know you – something else that's wide open too. It's got to be the ballot
or the bullet. The ballot or the bullet. If you're afraid
to use an expression like that, you should get on out of
the country ; you should get back in the cotton patch ;
you should get back in the alley. They get all the
Negro vote, and after they get it, the Negro gets
nothing in return. All they did when they got to
Washington was give a few big Negroes big jobs.
Those big Negroes didn't need big jobs, they already
had jobs. That's camouflage, that's trickery, that's treachery, window-dressing. I'm not trying to knock out
the Democrats for the Republicans. We'll get to them in*

accèdent à la maturité politique. Elles réalisent que, de la côte Est à la côte Ouest, il y a de nouvelles tendances politiques. Et à la lumière de ces tendances, elles peuvent voir que, chaque fois qu'il y a une élection, le scrutin est si serré qu'il faut recompter les voix. On a dû les recompter au Massachusetts pour déterminer le nouveau gouverneur. Ça a été pareil à Rhode Island, dans le Minnesota, et dans bien d'autres parties du pays. Pareil pour Nixon et Kennedy quand ils ont brigué la présidence. Le scrutin était si serré qu'il a fallu tout recompter. Alors, qu'est-ce que ça signifie ? Que lorsque les Blancs sont presque à égalité et que les Noirs forment un bloc électoral à eux seuls, c'est à eux de décider qui s'assiéra à la Maison Blanche et qui ira à la niche. [...]

Donc, en 1964, il est temps de se réveiller. [...] Montrez-leur bien que vous avez les yeux ouverts. Et montrez-leur bien qui vous êtes – vous aussi, vous êtes très ouverts. Ça devra passer par le vote ou le fusil. Par le vote ou le fusil. Si vous craignez d'user d'une expression pareille, alors quittez le pays, retournez dans les champs de coton, retournez donc dans vos ruelles. Ils ramassent toutes les voix des Noirs et une fois qu'ils les ont récoltées, les Noirs n'obtiennent rien en échange. Tout ce qu'ils ont fait en arrivant à Washington, c'était donner quelques postes importants à des Noirs influents. Mais ces Noirs n'en avaient pas besoin, ils en avaient déjà. C'était du camouflage, de la traîtrise, de la supercherie. Je n'essaie pas de critiquer les démocrates au profit des républicains. J'en parlerai

a minute. But it is true ; you put the Democrats first and the Democrats put you last.

Look at it the way it is. What alibis do they use, since they control Congress and the Senate ? What alibi do they use when you and I ask, « Well, when are you going to keep your promise ? » They blame the Dixiecrats. What is a Dixiecrat ? A Democrat. A Dixiecrat is nothing but a Democrat in disguise. [...] The Democrats have never kicked the Dixiecrats out of the party. The Dixiecrats bolted themselves once, but the Democrats didn't put them out. Imagine, these lowdown Southern segregationists put the Northern Democrats down. But the Northern Democrats have never put the Dixiecrats down. No, look at that thing the way it is. They have got a con game going on, a political con game, and you and I are in the middle. It's time for you and me to wake up and start looking at it like it is, and trying to understand it like it is ; and then we can deal with it like it is.

The Dixiecrats in Washington, D.C., control the key committees that run the government. The only reason the Dixiecrats control these committees is because they have seniority. The only reason they have seniority is

juste après. Mais c'est vrai ; vous faites passer les démocrates en premier et ils vous font passer en dernier.

Regardez les choses comme elles sont. À quels alibis recourent-ils, puisqu'ils contrôlent le Congrès et le Sénat ? Quel alibi utilisent-ils, quand nous leur demandons, vous et moi : « Alors, quand allez-vous tenir votre promesse ? » Ils mettent ça sur le dos des dixiecrates[1]. Et qu'est-ce qu'un dixiecrate ? Un démocrate. C'est juste un démocrate déguisé. [...] Les démocrates n'ont jamais chassé les dixiecrates du parti. Les dixiecrates ont claqué la porte une fois, mais les démocrates ne les ont jamais expulsés. Imaginez, ces sales ségrégationnistes du Sud ont plaqué les démocrates du Nord. Mais les démocrates du Nord ne les ont jamais exclus. Non, regardez les choses en face. Ils ont monté une escroquerie, une arnaque politique, dont nous sommes les dupes. Il est temps pour vous et moi de nous réveiller, de commencer à voir les choses en face et d'essayer de les comprendre dans leur réalité ; alors, nous pourrons vraiment les affronter.

Les dixiecrates en poste à Washington contrôlent les principaux comités qui tiennent le gouvernement. La seule raison pour laquelle ils le font est leur ancienneté. La seule raison pour laquelle ils jouissent

---

1. Démocrates populistes, anciens partisans de l'esclavage, qui assurèrent pendant une centaine d'années la domination des démocrates dans les anciens États du Sud. Ils formaient une sorte d'État dans l'État au sein du Parti démocrate. (*N.d.T.*)

because they come from states where Negroes can't vote. This is not even a government that's based on democracy. It is not a government that is made up of representatives of the people. Half of the people in the South can't even vote. Eastland is not even supposed to be in Washington. Half of the senators and congressmen who occupy these key positions in Washington, D.C., are there illegally, are there unconstitutionally. [...]

If the black man in these Southern states had his full voting rights, the key Dixiecrats in Washington, D. C., which means the key Democrats in Washington, D.C., would lose their seats. [...]

I say again, I'm not anti-Democrat, I'm not anti-Republican, I'm not anti-anything. I'm just questioning their sincerity, and some of the strategy that they've been using on our people by promising them promises that they don't intend to keep. When you keep the Democrats in power, you're keeping the Dixiecrats in power. [...] A vote for a Democrat is a vote for a Dixiecrat. That's why, in 1964, it's time now for you and me to become more politically mature and realize what the ballot is for ; what we're supposed to get when we cast a ballot ; and that if we don't cast a ballot, it's going to

de cette ancienneté est qu'ils viennent des États où les Noirs ne peuvent pas voter. Ce gouvernement n'est pas fondé sur la démocratie. Il n'est pas formé de représentants du peuple. La moitié de la population du Sud ne peut même pas voter. Eastland[1] ne devrait pas être à Washington. La moitié des sénateurs et des députés qui occupent à Washington ces positions clés sont là-bas illégalement, inconstitutionnellement. [...]

Si les Noirs des États du Sud jouissaient pleinement de leur droit de vote, les principaux dixiecrates – c'est-à-dire les principaux démocrates – de Washington perdraient leurs sièges. [...]

Je le répète, je ne suis pas anti-démocrate, ni anti-républicain, ni anti-quoi que ce soit. Je mets seulement en doute leur sincérité, et une partie de la stratégie qu'ils ont adoptée envers les Noirs en leur faisant des promesses qu'ils n'ont pas l'intention de tenir. Si vous maintenez les démocrates au pouvoir, vous y laissez les dixiecrates. [...] Une voix pour un démocrate est une voix pour un dixiecrate. Voilà pourquoi, en 1964, il est temps pour nous d'accéder à une plus grande maturité politique et de réaliser à quoi sert le bulletin de vote ; ce que nous sommes censés obtenir quand nous allons voter ; et que, si nous ne votons pas, nous en

---

1. Membre du Parti démocrate du Mississippi (1904-1986), connu pour sa très longue carrière au Sénat (de 1943 à 1978), mais aussi pour son opposition aux droits civiques et sa défense de la ségrégation raciale dans les États du Sud. (*N.d.T.*)

end up in a situation where we're going to have to cast a bullet. It's either a ballot or a bullet.

In the North, they do it a different way. They have a system that's known as gerrymandering, whatever that means. It means when Negroes become too heavily concentrated in a certain area, and begin to gain too much political power, the white man comes along and changes the district lines. You may say, « Why do you keep saying white man ? » Because it's the white man who does it. I haven't ever seen any Negro changing any lines. They don't let him get near the line. It's the white man who does this. And usually, it's the white man who grins at you the most, and pats you on the back, and is supposed to be your friend. He may be friendly, but he's not your friend.

So, what I'm trying to impress upon you, in essence, is this : You and I in America are faced not with a segregationist conspiracy, we're faced with a government conspiracy. Everyone who's filibustering is a senator – that's the government. [...] The same government that you go abroad to fight for and die for is the government that is in a conspiracy to deprive you of your voting rights, deprive you of your economic opportunities, deprive you of decent housing, deprive you of decent education. [...]

So, where do we go from here ? First, we need some friends. We need some new allies. The entire civil-rights struggle needs a new interpretation, a broader interpretation. [...]

serons réduits à faire parler le fusil. Ce sera le vote ou le fusil.

Dans le Nord, ils font les choses autrement. Ils ont un système qui s'appelle le charcutage électoral. Ça veut dire que lorsque la population noire devient trop dense et commence à avoir un trop grand pouvoir politique quelque part, l'homme blanc vient déplacer les limites des circonscriptions. Vous me direz peut-être : « Pourquoi dites-vous toujours l'homme blanc ? » Parce que c'est lui qui le fait. Je n'ai jamais vu de Noir déplacer une seule limite. On ne le laisse jamais s'en approcher. C'est l'homme blanc qui le fait. Et d'habitude, c'est lui qui vous sourit le plus, qui vous donne une tape dans le dos et qui est censé être votre ami. Il est peut-être amical, mais il n'est pas votre ami.

Donc, voilà ce que je cherche essentiellement à vous faire comprendre : vous et moi sommes confrontés en Amérique, non pas à une conspiration ségrégationniste, mais à un complot gouvernemental. Tous ceux qui font obstruction aux droits civiques sont des sénateurs – donc, des membres du gouvernement. [...] Ce même gouvernement pour lequel vous allez vous battre et mourir à l'étranger est celui qui conspire à vous priver de votre droit de vote, de vos chances économiques, d'un logement décent, d'une éducation décente. [...]

Donc, que faire à partir de là ? D'abord, il nous faut des amis. Et de nouveaux alliés. Toute la lutte pour les droits civiques a besoin d'une interprétation nouvelle et plus large. [...]

Now you're facing a situation where the young Negro's coming up. They don't want to hear that « turn-the-other-cheek » stuff, no. In Jacksonville, those were teenagers, they were throwing Molotov cocktails. Negroes have never done that before. [...] They haven't got anything to lose, and they've got everything to gain. And they'll let you know in a minute : « It takes two to tango ; when I go, you go. »

[...] Our mothers and fathers invested sweat and blood. Three hundred and ten years we worked in this country without a dime in return – I mean without a dime in return. You let the white man walk around here talking about how rich this country is, but you never stop to think how it got rich so quick. It got rich because you made it rich.

[...] Your and my mother and father, who didn't work an eight-hour shift, but worked from « can't see » in the morning until « can't see » at night, and worked for nothing, making the white man rich, making Uncle Sam rich. This is our investment. This is our contribution, our blood.

Aujourd'hui, nous sommes confrontés à une situation où on assiste à la montée des jeunes Noirs. Et ils ne veulent pas entendre parler de « tendre l'autre joue », loin de là. À Jacksonville[1], ce sont des adolescents qui ont lancé des cocktails Molotov. Les Noirs n'avaient jamais fait ça avant. [...] Ils n'ont rien à perdre, ils ont tout à gagner. Et ils vous le feront savoir très vite : « Il faut être deux pour danser le tango ; quand je me lance, tu me suis. »

[...] Nos mères et nos pères ont investi leur sueur et leur sang [dans ce pays]. Nous y avons travaillé trois cent dix ans sans recevoir un sou en échange – je dis bien, pas un sou. Vous laissez l'homme blanc s'y pavaner en vantant la richesse de ce pays, mais vous ne vous demandez jamais comment il s'est enrichi aussi vite. C'est parce que c'est vous qui l'avez enrichi.

[...] Ce sont vos pères et vos mères, qui n'ont jamais connu les huit heures, mais qui travaillaient avant même le lever du soleil jusqu'après la tombée de la nuit, qui ont fait la richesse de l'homme blanc, celle de l'Oncle Sam. C'est notre investissement. Notre contribution, notre sang.

---

1. Ville de Floride où de jeunes Noirs organisèrent des sit-in au début des années soixante pour réclamer la déségrégation raciale. Pacifiques dans un premier temps, ces manifestations se heurtèrent à des réactions brutales de la part des Blancs, notamment du Ku Klux Klan, dont l'extrême violence porta certains jeunes Noirs à réagir. (*N.d.T.*)

Not only did we give of our free labor, we gave of our blood. Every time he had a call to arms, we were the first ones in uniform. We died on every battlefield the white man had. We have made a greater sacrifice than anybody who's standing up in America today. We have made a greater contribution and have collected less. Civil rights, for those of us whose philosophy is black nationalism, means : « Give it to us now. Don't wait for next year. Give it to us yesterday, and that's not fast enough. »

I might stop right here to point out one thing. Whenever you're going after something that belongs to you, anyone who's depriving you of the right to have it is a criminal. Understand that. Whenever you are going after something that is yours, you are within your legal rights to lay claim to it. And anyone who puts forth any effort to deprive you of that which is yours, is breaking the law, is a criminal. And this was pointed out by the Supreme Court decision. It outlawed segregation.

Which means segregation is against the law. Which means a segregationist is breaking the law. A segregationist is a criminal. You can't label him as anything other than that. And when you demonstrate against segregation, the law is on your side. The Supreme Court is on your side.

Non seulement nous avons donné notre travail gratuitement, mais nous avons versé notre sang. Chaque fois que les Américains étaient appelés sous les drapeaux, nous étions les premiers en uniforme. Nous sommes morts sur tous les champs de bataille de l'homme blanc. Nous avons fait un plus grand sacrifice que tous ceux qui défendent aujourd'hui l'Amérique. Nous sommes ceux qui avons le plus participé aux combats de ce pays et qui en avons le moins recueilli les fruits. Les droits civiques, pour ceux d'entre nous qui ont le nationalisme noir pour principe, veulent dire : « Donnez-nous cela maintenant. N'attendez pas l'année prochaine. Vous auriez déjà dû nous le donner hier, et ce n'était pas encore assez tôt. »

Je m'arrête ici pour faire cette remarque : chaque fois que vous demandez une chose qui vous appartient, tous ceux qui vous privent du droit d'en bénéficier sont des criminels. Comprenez bien ça. Chaque fois que vous demandez une chose qui vous revient, vous êtes légalement en droit de la réclamer. Et tous ceux qui cherchent à vous en priver enfreignent la loi et sont des criminels. C'est ce qu'a rappelé l'arrêt de la Cour suprême. Elle a proscrit la ségrégation.

Ce qui veut dire que la ségrégation est illégale. Qu'un ségrégationniste enfreint la loi. Qu'un ségrégationniste est un criminel. On ne peut pas lui donner d'autre nom. Et quand vous manifestez contre la ségrégation, vous avez la loi pour vous. Et la Cour suprême.

[...] Any time you demonstrate against segregation and a man has the audacity to put a police dog on you, kill that dog, kill him, I'm telling you, kill that dog. I say it if they put me in jail tomorrow, kill that dog. Then you'll put a stop to it. Now, if these white people in here don't want to see that kind of action, get down and tell the mayor to tell the police department to pull the dogs in. That's all you have to do. If you don't do it, someone else will.

If you don't take this kind of stand, your little children will grow up and look at you and think « shame ». If you don't take an uncompromising stand, I don't mean go out and get violent ; but at the same time you should never be nonviolent unless you run into some nonviolence. I'm nonviolent with those who are nonviolent with me. But when you drop that violence on me, then you've made me go insane, and I'm not responsible for what I do. And that's the way every Negro should get. Any time you know you're within the law, within your legal rights, within your moral rights, in accord with justice, then die for what you believe in. But don't die alone. Let your dying be reciprocal. This is what is meant by equality. What's good for the goose is good for the gander. [...]

The United Nations has what's known as the charter of human rights ; it has a committee that deals in human rights. You may wonder why all of the atrocities

[...] Chaque fois que vous manifestez contre la ségrégation et qu'un homme a l'audace de lâcher un chien policier sur vous, tuez ce chien, je vous le dis, tuez ce chien. Je dis cela d'avance si on me met en prison demain, tuez ce chien. C'est comme ça que vous y mettrez fin. Mais si les hommes blancs ne veulent pas voir de tels actes, allez dire au maire de dire à la police de retenir ses chiens. C'est tout ce que vous avez à faire. Si vous ne le faites pas, quelqu'un d'autre le fera.

Si vous ne prenez pas ce genre de position, vos enfants auront honte de vous en grandissant. Si vous ne prenez pas une position intransigeante... – je ne dis pas que vous devez descendre dans la rue et vous livrer à la violence, mais vous ne devriez agir de façon non violente que si vous êtes face à une attitude non violente. Je suis non violent avec ceux qui le sont envers moi. Mais si on lâche cette violence sur moi, on me rend fou et je ne suis pas responsable de mes actes. Et c'est ainsi que devraient se conduire tous les Noirs. Chaque fois que vous savez que vous êtes en accord avec la loi, avec vos droits légitimes, avec vos droits moraux, en accord avec la justice, mourez pour ce en quoi vous croyez. Mais ne mourez pas seul. Faites en sorte que votre mort soit payée de retour. Voilà le vrai sens de l'égalité. Ce qui est bon pour l'oie est bon pour le jars. [...]

Les Nations unies ont adopté ce qu'on appelle la Charte des droits de l'homme ; elles ont même un comité qui s'en occupe. Vous vous demandez peut-être pourquoi toutes les atrocités qui ont été

that have been committed in Africa and in Hungary and in Asia, and in Latin America are brought before the UN, and the Negro problem is never brought before the UN. This is part of the conspiracy. This old, tricky blue-eyed liberal who is supposed to be your and my friend, supposed to be in our corner, supposed to be subsidizing our struggle, and supposed to be acting in the capacity of an adviser, never tells you anything about human rights. They keep you wrapped up in civil rights. And you spend so much time barking up the civil-rights tree, you don't even know there's a human-rights tree on the same floor.

When you expand the civil-rights struggle to the level of human rights, you can then take the case of the black man in this country before the nations in the UN. You can take it before the General Assembly. You can take Uncle Sam before a world court. But the only level you can do it on is the level of human rights. Civil rights keeps you under his restrictions, under his jurisdiction. Civil rights keeps you in his pocket. Civil rights means you're asking Uncle Sam to treat you right. Human rights are something you were born with. Human rights are your God-given rights. Human rights are the rights that are recognized by all nations of this earth. And any time any one violates your human rights, you can take them to the world court. [...]

Let the world know how bloody his hands are. Let the world know the hypocrisy that's practiced

commises en Afrique, en Hongrie, en Amérique latine et en Asie ont été portées devant l'ONU, alors que le problème noir ne l'est jamais. Cela fait partie de la conspiration. Ce vieux libéral aux yeux bleus, ce roublard qui est censé être votre ami et le mien, être dans notre camp, soutenir notre lutte et nous servir de conseiller, ne vous dit jamais rien sur les droits de l'homme. Il vous laisse perdre votre salive à réclamer vos droits civiques. Et vous passez tellement de temps à les revendiquer que vous ne vous rendez même pas compte qu'il y a les droits de l'homme à côté.

Quand on porte la lutte pour les droits civiques au niveau des droits de l'homme, on peut porter devant l'ONU la cause des Noirs de ce pays. Devant l'Assemblée générale des Nations unies. Vous pouvez traîner l'Oncle Sam devant une cour internationale. Mais il n'y a qu'une seule manière de le faire : en se prévalant des droits de l'homme. Les droits civiques vous maintiennent dans les restrictions créées par l'Oncle Sam, sous sa juridiction à lui. Les droits civiques vous gardent dans sa poche. Les réclamer revient à lui demander de bien vous traiter. Alors que les droits de l'homme sont une chose dont vous avez hérité à la naissance. Les droits que Dieu vous a donnés. Qui sont reconnus par toutes les nations du monde. Et chaque fois que quelqu'un viole les vôtres, vous pouvez le traîner devant le tribunal international. [...]

Faites savoir au monde à quel point les mains [de l'Oncle Sam] sont couvertes de sang. Faites-lui connaître l'hypocrisie qui est pratiquée dans ce

over here. *Let it be the ballot or the bullet. Let him know that it must be the ballot or the bullet. [...]*

Right now, in this country, if you and I, 22 million African-Americans – that's what we are – Africans who are in America. You're nothing but Africans. Nothing but Africans. In fact, you'd get farther calling yourself African instead of Negro. Africans don't catch hell. You're the only one catching hell. They don't have to pass civil-rights bills for Africans. An African can go anywhere he wants right now. All you've got to do is tie your head up. That's right, go anywhere you want. Just stop being a Negro. [...]

The political philosophy of black nationalism means that the black man should control the politics and the politicians in his own community ; no more. The black man in the black community has to be re-educated into the science of politics so he will know what politics is supposed to bring him in return. Don't be throwing out any ballots. A ballot is like a bullet. You don't throw your ballots until you see a target, and if that target is not within your reach, keep your ballot in your pocket.

The political philosophy of black nationalism is being taught in the Christian church. It's being taught in the NAACP. It's being taught in CORE meetings. It's

pays. Ce sera le vote ou le fusil. Faites savoir [à l'Oncle Sam] que ce sera le vote ou le fusil. [...]

En ce moment, dans ce pays, [il y a] 22 millions d'Afro-Américains – car c'est ce que nous sommes : des Africains qui vivent en Amérique. Vous n'êtes que des Africains. Et pas autre chose. En fait, vous gagneriez à vous dire Africains plutôt que Noirs. Les Africains ne s'attirent pas la haine et la colère. Vous êtes les seuls à le faire. Pour eux, il n'est pas besoin de faire voter des lois sur les droits civiques. Aujourd'hui, un Africain peut aller partout où il veut. Il lui suffit de mettre un turban. C'est ça, allez où vous voulez. Vous n'avez qu'à ne plus être noirs. [...]

Le principe politique du nationalisme noir consiste à dire que les Noirs doivent diriger la politique et les politiciens de leur communauté ; c'est tout. Les Noirs de la communauté noire doivent réapprendre les sciences politiques pour savoir ce que la politique est censée leur apporter. Ne gaspillez pas vos bulletins de vote. Un bulletin de vote est comme un fusil. On ne le dégaine pas avant d'avoir vu une cible, et si cette cible n'est pas à votre portée, gardez votre bulletin dans votre poche.

Aujourd'hui, le principe politique du nationalisme noir est enseigné dans l'Église chrétienne. Il est enseigné à la NAACP[1], dans les meetings du

---

1. National Association for the Advancement of Colored People : Association nationale pour la promotion des gens de couleur. (*N.d.T.*)

being taught in SNCC Student Nonviolent Coordinating Committee meetings. It's being taught in Muslim meetings. It's being taught where nothing but
atheists and agnostics come together. It's being taught
everywhere. Black people are fed up with the dilly-
dallying, pussyfooting, compromising approach that
we've been using toward getting our freedom. We
want freedom now, but we're not going to get it saying
« We Shall Overcome ». We've got to fight until we
overcome.

The economic philosophy of black nationalism is pure
and simple. It only means that we should control the economy of our community. Why should white people be
running all the stores in our community ? Why should
white people be running the banks of our community ?
Why should the economy of our community be in the
hands of the white man ? Why ? If a black man can't
move his store into a white community, you tell me why
a white man should move his store into a black community. The philosophy of black nationalism involves a re-
education program in the black community in regards to
economics. Our people have to be made to see that any
time you take your dollar out of your community and

CORE[1] et du SNCC[2]. Dans les meetings musulmans, dans les rassemblements d'agnostiques et d'athées. Il est enseigné partout. Les Noirs en ont assez des tergiversations, des atermoiements et des compromis dont nous avons usé pour tenter d'obtenir notre liberté. Nous voulons la liberté aujourd'hui, mais nous n'allons pas la gagner en disant « Nous vaincrons »[3]. Nous devrons nous battre jusqu'à ce que nous ayons remporté cette victoire.

Le principe économique du nationalisme noir est pur et simple. Il veut simplement dire que nous devons contrôler l'économie de notre communauté. Pourquoi les Blancs devraient-ils tenir toutes les boutiques de notre communauté ? Pourquoi devraient-ils en diriger les banques ? Pourquoi son économie devrait-elle être entre leurs mains ? Si un Noir ne peut pas installer son magasin dans une communauté blanche, dites-moi pourquoi un Blanc doit installer le sien dans une communauté noire. Le principe du nationalisme noir comporte un programme de rééducation économique de la communauté noire. Il faut faire comprendre à ses membres que chaque fois que l'on sort un dollar de sa communauté pour

---

1. Congress of Racial Equality : Congrès pour l'égalité des races. (*N.d.T.*)

2. Student Nonviolent Coordinating Committe : Comité de coordination des étudiants non violents. (*N.d.T.*)

3. *We shall overcome* : expression célèbre de Martin Luther King, revenant à plusieurs reprises dans ses discours. (*N.d.T.*)

spend it in a community where you don't live, the community where you live will get poorer and poorer, and the community where you spend your money will get richer and richer. [...]

So the economic philosophy of black nationalism means in every church, in every civic organization, in every fraternal order, it's time now for our people to become conscious of the importance of controlling the economy of our community. If we own the stores, if we operate the businesses, if we try and establish some industry in our own community, then we're developing to the position where we are creating employment for our own kind. Once you gain control of the economy of your own community, then you don't have to picket and boycott and beg some cracker downtown for a job in his business.

The social philosophy of black nationalism only means that we have to get together and remove the evils, the vices, alcoholism, drug addiction, and other evils that are destroying the moral fiber of our community. We ourselves have to lift the level of our community, the standard of our community to a higher level, make our own society beautiful so that we will be satisfied in our own social circles and won't be running around here trying to knock our way into a social circle where we're not wanted. So I say, in spreading a gospel such as black nationalism, it is not designed to make the black man re-evaluate the white man – you know him already – but to make the black man re-evaluate himself. Don't change the white man's mind

le dépenser dans une communauté où on ne vit pas, celle où l'on habite s'appauvrit, et celle où on dépense son argent s'enrichit. [...]

Le principe économique du nationalisme noir veut dire par conséquent que dans chaque église, chaque association civique, chaque ordre fraternel, il est temps à présent que les Noirs prennent conscience qu'il est important de contrôler l'économie de leur communauté. Si nous possédons les boutiques, si nous dirigeons les affaires, si nous essayons d'établir quelques industries dans notre communauté, nous pourrons être en mesure de créer des emplois pour nos frères. Quand vous prenez le contrôle de l'économie de votre communauté, vous n'avez plus besoin de faire des boycotts et des piquets de grève, ni de supplier un petit Blanc pour qu'il vous donne un job dans son commerce.

Le principe social du nationalisme noir veut simplement dire que nous devons nous unir pour extirper les vices, l'alcoolisme, la toxicomanie et les autres fléaux qui détruisent la fibre morale de notre communauté. C'est à nous d'élever le niveau de notre communauté, et d'embellir notre société pour que nous soyons bien dans nos milieux sociaux et n'allions pas courir partout pour nous intégrer dans un milieu social qui ne veut pas de nous. Si l'on veut répandre un évangile comme le nationalisme noir, cet évangile est destiné non pas à porter le Noir à réévaluer l'homme blanc – vous savez déjà ce qu'il vaut –, mais à se réévaluer lui-même. N'essayez pas de changer l'esprit de l'homme blanc

– you can't change his mind, and that whole thing about appealing to the moral conscience of America – America's conscience is bankrupt. She lost all conscience a long time ago. Uncle Sam has no conscience.

[...] So you're wasting your time appealing to the moral conscience of a bankrupt man like Uncle Sam. If he had a conscience, he'd straighten this thing out with no more pressure being put upon him. So it is not necessary to change the white man's mind. We have to change our own mind. You can't change his mind about us. We've got to change our own minds about each other. We have to see each other with new eyes. We have to see each other as brothers and sisters. We have to come together with warmth so we can develop unity and harmony that's necessary to get this problem solved ourselves. How can we do this ? How can we avoid jealousy ? How can we avoid the suspicion and the divisions that exist in the community ? I'll tell you how. [...]

Last but not least, I must say this concerning the great controversy over rifles and shotguns. The only thing that I've ever said is that in areas where the government has proven itself either unwilling or unable to defend the lives and the property of Negroes, it's time for Negroes to defend themselves. Article number two of the constitutional amendments provides you and me the right to own a rifle or a shotgun. It is constitutionally legal to own a shotgun or a rifle. This doesn't mean

– vous ne le pouvez pas, et laissez tomber ce blabla sur l'appel à la conscience morale de l'Amérique : l'Amérique n'a plus de conscience morale. Elle l'a perdue il y a bien longtemps. L'Oncle Sam n'a pas de conscience.

[...] Par conséquent, vous perdez votre temps à faire appel à la conscience d'un type amoral comme l'Oncle Sam. S'il avait une conscience, il réglerait ce problème sans qu'il soit plus besoin de faire pression sur lui. Donc, ce n'est pas la peine de changer l'esprit des Blancs. Celui que nous devons changer, c'est le nôtre. On ne peut pas changer le regard qu'ils portent sur nous. Nous devons changer le regard que nous portons les uns sur les autres. Nous devons nous voir tous avec des yeux neufs. Comme des frères et des sœurs. Nous devons nous rassembler chaleureusement pour pouvoir bâtir l'unité et l'harmonie dont nous avons besoin pour régler ce problème nous-mêmes. Comment pourrons-nous faire cela ? Comment pourrons-nous éviter la jalousie ? Comment pourrons-nous éviter les soupçons et les divisions qui minent notre communauté ? Je vais vous le dire. [...]

Enfin et surtout, je dois dire ceci à propos de la grande controverse sur les carabines et les fusils. La seule chose que j'ai jamais dite, c'est que dans les domaines où le gouvernement s'est avéré réticent ou incapable de défendre la vie et les biens des Noirs, il est temps que les Noirs se défendent eux-mêmes. L'article deux des amendements constitutionnels nous donne le droit de posséder une carabine ou un fusil. En vertu de la Constitution, c'est légal. Cela ne veut pas dire que vous devez

you're going to get a rifle and form battalions and go out looking for white folks, although you'd be within your rights – I mean, you'd be justified ; but that would be illegal and we don't do anything illegal. If the white man doesn't want the black man buying rifles and shotguns, then let the government do its job. [...]

If a Negro in 1964 has to sit around and wait for some cracker senator to filibuster when it comes to the rights of black people, why, you and I should hang our heads in shame. You talk about a march on Washington in 1963, you haven't seen anything. There's some more going down in '64.

And this time they're not going like they went last year. They're not going singing « We Shall Overcome ». They're not going with white friends. They're not going with placards already painted for them. They're not going with round-trip tickets. They're going with one way tickets. And if they don't want that non-nonviolent army going down there, tell them to bring the filibuster to a halt.

The black nationalists aren't going to wait. Lyndon B. Johnson is the head of the Democratic Party. If he's for civil rights, let him go into the Senate

prendre un fusil, former des bataillons et chercher à en découdre avec des Blancs, même si c'est votre droit... je veux dire, vous auriez de bonnes raisons de le faire ; mais ce serait illégal, et nous ne faisons rien d'illégal. Si l'homme blanc ne veut pas que le Noir achète des carabines et des fusils, alors, laissons le gouvernement faire son travail. [...]

Si en 1964, un Noir doit rester sans rien faire pendant qu'un sénateur du Sud fait obstruction à ses droits civiques, vous et moi devrions courber la tête sous la honte. Vous parlez de la marche sur Washington de 1963[1], mais vous n'avez encore rien vu. En 1964, il y aura beaucoup plus de gens dans les rues.

Et cette fois, ils ne feront pas comme l'année dernière. Ils ne chanteront pas « Nous vaincrons ». Ils ne défileront pas avec des amis blancs. Ils ne marcheront pas avec des pancartes aux slogans peints par d'autres. Ils ne viendront pas avec des billets aller-retour. Mais avec des allers simples. Et si les sénateurs du Sud ne veulent pas voir débarquer cette armée non non-violente, dites-leur d'arrêter de faire obstruction à nos droits civiques.

Les nationalistes noirs n'attendront pas. Lyndon B. Johnson est le chef du Parti démocrate. S'il est pour les droits civiques, qu'il aille donc au Sénat la

---

1. Marche du 18 août 1963 contre les discriminations raciales, lancée par Martin Luther King, après laquelle il prononça son célèbre discours : « I have a dream » (« Je fais un rêve ») face à 250 000 personnes devant le Mémorial de Lincoln. (*N.d.T.*)

next week and declare himself. Let him go in there right now and declare himself. Let him go in there and denounce the Southern branch of his party. Let him go in there right now and take a moral stand – right now, not later. Tell him don't wait until election time. If he waits too long, brothers and sisters, he will be responsible for letting a condition develop in this country which will create a climate that will bring seeds up out of the ground with vegetation on the end of them looking like something these people never dreamed of. In 1964, it's the ballot or the bullet.

Thank you.

semaine prochaine pour se déclarer en leur faveur.
Qu'il aille donc là-bas dénoncer le groupe sudiste
de son parti. Qu'il y aille immédiatement prendre
une position morale – maintenant, pas plus tard.
Dites-lui de ne pas attendre la période électorale.
S'il attend trop longtemps, frères et sœurs, il sera
responsable d'avoir laissé se développer un climat
dans ce pays qui fera sortir de terre une végétation
telle que ces gens-là n'en ont jamais imaginé. En
1964, ce sera le vote ou le fusil.

Je vous remercie.

Traduit de l'anglais
par Aline Weill

« Nous formons un seul et même pays »

Discours sur les droits civiques
prononcé par John Fitzgerald Kennedy,
le 11 juin 1963

À la fin des années cinquante, John F. Kennedy, jeune sénateur de la côte Est, se positionne au sein du parti démocrate pour être le candidat à la Maison Blanche. Il a le soutien du puissant groupe des élus blancs démocrates du Sud, pour la plupart favorables à la ségrégation raciale, mais s'il veut gagner la présidentielle, il lui faut aussi les voix des ghettos. Le chemin est étroit, il avance prudemment, exprime un soutien discret aux actions non violentes du pasteur Martin Luther King, sans pour autant affronter la société sudiste. Certes, la discrimination raciale lui fait horreur et il applaudit ouvertement au courant indépendantiste en Afrique noire ; mais lorsqu'il est élu, le 6 novembre 1960, il n'a toujours pas perçu la gravité de la question raciale aux États-Unis. La communauté noire reste, pour lui et son entourage politique, un monde inconnu.

Dès son arrivée au pouvoir, il multiplie les gestes symboliques : il introduit quelques Noirs dans la haute administration fédérale et au FBI et nomme même un ambassadeur afro-américain en Norvège. Mais sur le fond, rien ne bouge vraiment. Après deux ans de présidence Kennedy, les Noirs du Sud n'arrivent toujours

pas à se faire inscrire sur les listes électorales, la discri-
mination dans les lieux publics comme à l'embauche
demeure la règle. Quant à l'aide des autorités fédé-
rales pour briser la ségrégation, elle paraît bien timide.
Les organisations non violentes ont patienté deux ans,
elles veulent désormais obliger le président à s'engager
complètement. Elles le mettent au pied du mur en
multipliant les actions dans les États du Sud.

Au printemps 1963, l'Alabama est le théâtre de
violences indescriptibles à l'encontre des manifestants
noirs. Les téléspectateurs de tout le pays peuvent
voir pendant plusieurs semaines, sur leur petit écran,
la façon dont le Sud blanc est décidé à défendre ses
privilèges. L'opinion publique américaine bascule. Pour
Kennedy c'est le moment d'agir, de bousculer le Sénat
et la Chambre des représentants, de préparer une loi
sur les droits civiques. De plus il y a urgence : les orga-
nisations non violentes sont affaiblies par des années de
lutte sans résultats significatifs. La jeunesse noire est
désormais à l'écoute de discours plus radicaux.

La loi sur les droits civiques ne sera votée qu'en
1964. Entre-temps, John F. Kennedy sera assassiné à
Dallas, au Texas, une ville particulièrement hostile à
la politique du président.

Discours de John F. Kennedy

Good evening, my fellow citizens,

This afternoon, following a series of threats and defiant statements, the presence of Alabama National Guardsmen was required on the University of Alabama to carry out the final and unequivocal order of the United States District Court of the Northern District of Alabama. That order called for the admission of two clearly qualified young Alabama residents who happened to have been born Negro. That they were admitted peacefully on the campus is due in good measure to the conduct of the students of the University of Alabama, who met their responsibilities in a constructive way.

I hope that every American, regardless of where he lives, will stop and examine his conscience about this and other related incidents. This Nation was founded by men of many nations and backgrounds. It was founded on the principle that all men are created equal, and that the rights of every man are diminished when the rights of one man are threatened.

Today, we are committed to a worldwide struggle to promote and protect the rights of all who wish to be free. And when Americans are sent to

Bonsoir, mes chers compatriotes,

Cet après-midi, à la suite de menaces et de déclarations provocatrices, la présence de la Garde nationale a été requise dans l'université de l'Alabama pour faire appliquer l'injonction sans appel de la cour fédérale de la circonscription Nord de cet État. Cette injonction ordonnait l'admission de deux jeunes habitants de l'Alabama dotés des qualifications requises, qui se trouvaient être des Noirs. Le fait qu'ils ont été admis dans le calme sur le campus est largement dû à la conduite des étudiants de cette université, qui ont fait face à leurs responsabilités de manière constructive.

J'espère que chaque Américain, où qu'il vive, réfléchira en conscience à cet incident et à d'autres incidents du même ordre. Cette nation a été fondée par des hommes de nombreuses nations et de nombreux horizons. Elle a été fondée sur le principe qui veut que tous les hommes soient égaux, et que menacer les droits d'un seul porte atteinte aux droits de tous.

Nous sommes engagés aujourd'hui dans une lutte universelle pour défendre et protéger les droits de tous ceux qui désirent être libres. Et quand nous

Vietnam or West Berlin, we do not ask for Whites only. It ought to be possible, therefore, for American students of any color to attend any public institution they select without having to be backed up by troops. It ought to be possible for American consumers of any color to receive equal service in places of public accommodation, such as hotels and restaurants and theaters and retail stores, without being forced to resort to demonstrations in the street, and it ought to be possible for American citizens of any color to register and to vote in a free election without interference or fear of reprisal. It ought to be possible, in short, for every American to enjoy the privileges of being American without regard to his race or his color. In short, every American ought to have the right to be treated as he would wish to be treated, as one would wish his children to be treated. But this is not the case.

The Negro baby born in America today, regardless of the section of the State in which he is born, has about one-half as much chance of completing a high school as a white baby born in the same place on the same day, one-third as much chance of completing college, one-third as much chance of becoming a professional man, twice as much chance of becoming unemployed, about one-seventh as much chance of earning $10,000 a year, a life expectancy which is 7 years shorter, and the prospects of earning only half as much.

[...] One hundred years of delay have passed since President Lincoln freed the slaves, yet their heirs, their grandsons, are not fully free. They are not yet freed from the bonds of injustice. They are

envoyons des Américains à Berlin-Ouest ou au Vietnam, ce ne sont pas seulement des Blancs. Par conséquent, des étudiants américains de toutes couleurs devraient pouvoir accéder à l'établissement public de leur choix sans avoir à être soutenus par des troupes militaires. Des consommateurs américains de toutes couleurs devraient pouvoir jouir du même service dans les lieux publics comme les hôtels et les restaurants, les théâtres et les boutiques, sans en être réduits à manifester pour cela dans la rue, et des citoyens américains de toutes couleurs devraient pouvoir s'inscrire sur les listes électorales et voter librement sans obstacles ni crainte de représailles. Bref, chaque Américain devrait pouvoir jouir des privilèges de la citoyenneté américaine sans distinction de couleur ni de race – avoir le droit d'être traité comme il le souhaite, comme nous voudrions que nos enfants le soient. Mais ce n'est pas le cas.

Un bébé noir né aujourd'hui en Amérique, dans n'importe quel État, a moitié moins de chances d'achever ses études secondaires qu'un bébé blanc né le même jour, au même endroit, trente pour cent de chances de moins de réussir des études universitaires ou d'exercer une profession libérale, deux fois plus de chances de devenir chômeur, quatorze pour cent de chances de gagner 10 000 dollars par an, une espérance de vie sept fois plus courte et des perspectives de salaire moitié moindres.

[...] Un siècle s'est écoulé depuis que le président Lincoln a libéré les esclaves, et pourtant leurs héritiers, leurs petits-fils, ne sont pas totalement libres. Ils ne sont pas encore délivrés des chaînes de

not yet freed from social and economic oppression. And this Nation, for all its hopes and all its boasts, will not be fully free until all its citizens are free.

We preach freedom around the world, and we mean it, and we cherish our freedom here at home, but are we to say to the world, and much more importantly, to each other that this is the land of the free except for the Negroes ; that we have no second-class citizens except Negroes ; that we have no class or caste system, no ghettoes, no master race except with respect to Negroes ?

Now the time has come for this Nation to fulfill its promise. The events in Birmingham and elsewhere have so increased the cries for equality that no city or State or legislative body can prudently choose to ignore them. The fires of frustration and discord are burning in every city, North and South, where legal remedies are not at hand. Redress is sought in the streets, in demonstrations, parades, and protests which create tensions and threaten violence and threaten lives.

l'injustice, ni de l'oppression économique et sociale. Et cette nation, malgré tous ses espoirs et ses fanfaronnades, ne sera pas entièrement libre tant que tous ses citoyens ne le seront pas.

Nous prêchons la liberté sincèrement partout dans le monde, et nous chérissons notre liberté ici, dans notre pays, mais devons-nous dire au monde, et surtout, devons-nous nous dire à nous-mêmes que ce pays est le pays de la liberté, sauf pour les Noirs ; que nous n'avons pas de citoyens de seconde zone, sauf les Noirs ; pas de système de classes ni de castes, pas de ghettos, pas de race inférieure, sauf les Noirs ?

À présent, le temps est venu pour cette nation de remplir sa promesse. Les événements de Birmingham[1] et d'ailleurs ont tellement redoublé les appels à l'égalité qu'aucune ville, aucun État ou corps législatif ne peut commettre l'imprudence de les ignorer. Les feux de la frustration et de la discorde brûlent dans toutes les villes, dans le Nord comme au Sud, où il n'existe pas de solutions légales. On cherche réparation dans les rues, par des protestations, des défilés et des manifestations qui créent des tensions, menacent de dégénérer en violence et de porter atteinte à des vies.

---

1. Ville d'Alabama parmi les plus ségrationnistes des États du Sud, qui fut en 1960 le théâtre d'attentats à la bombe meurtriers du Ku Klux Klan et de grandes manifestations pacifiques pour les droits civiques. Cette campagne renforça la réputation de Martin Luther King, qui fut alors soutenu par John Kennedy. (*N.d.T.*)

We face, therefore, a moral crisis as a country and a people. It cannot be met by repressive police action. It cannot be left to increased demonstrations in the streets. It cannot be quieted by token moves or talk. It is a time to act in the Congress, in your State and local legislative body and, above all, in all of our daily lives. It is not enough to pin the blame on others, to say this a problem of one section of the country or another, or deplore the facts that we face. A great change is at hand, and our task, our obligation, is to make that revolution, that change, peaceful and constructive for all. Those who do nothing are inviting shame, as well as violence. Those who act boldly are recognizing right, as well as reality.

Next week I shall ask the Congress of the United States to act, to make a commitment it has not fully made in this century to the proposition that race has no place in American life or law. [...]

I am, therefore, asking the Congress to enact legislation giving all Americans the right to be served in facilities which are open to the public – hotels, restaurants, theaters, retail stores, and similar establishments. This seems to me to be an elementary right. Its denial is an arbitrary indignity that no American in 1963 should have to endure, but many do. [...]

I'm also asking the Congress to authorize the Federal Government to participate more fully in lawsuits designed to end segregation in public education.

Pour cette raison, notre peuple et notre pays sont confrontés à une crise morale. Cette crise ne peut pas être résolue par des mesures policières répressives, réglée par de nouvelles manifestations de rue, apaisée par des gestes ou des paroles symboliques. Il est temps d'agir au Congrès, dans votre corps législatif fédéral et local, et surtout, dans notre vie quotidienne à tous. Il ne suffit pas d'imputer ce problème aux autres, ou à telle ou telle partie du pays, ni de déplorer les réalités auxquelles nous sommes confrontés. Un grand changement est à notre portée et nous avons le devoir, l'obligation, d'accomplir cette révolution, ce changement paisible et constructif pour tous. Ceux qui ne font rien appellent la honte et la violence. Ceux qui agissent avec audace reconnaissent le droit et la réalité.

La semaine prochaine, je demanderai au Congrès des États-Unis de légiférer, de prendre un engagement qu'il n'a pas pleinement pris durant ce siècle, en votant la loi qui affirme que la race n'a pas sa place dans la vie ni dans la loi américaine. [...]

Je demande par conséquent au Congrès de promulguer une législation donnant à tous les Américains le droit d'être servis dans les espaces ouverts au public – hôtels, restaurants, théâtres, boutiques et établissements du même ordre. Cela me paraît être un droit élémentaire. Son déni est un affront arbitraire qu'aucun Américain, en 1963, ne devrait essuyer, et pourtant, c'est le cas de beaucoup. [...]

Je demande aussi au Congrès d'autoriser le gouvernement fédéral à participer davantage aux procès visant à mettre fin à la ségrégation dans l'éducation

We have succeeded in persuading many districts to desegregate voluntarily. Dozens have admitted Negroes without violence. Today, a Negro is attending a State-supported institution in every one of our 50 States, but the pace is very slow.

Too many Negro children entering segregated grade schools at the time of the Supreme Court's decision nine years ago will enter segregated high schools this fall, having suffered a loss which can never be restored. The lack of an adequate education denies the Negro a chance to get a decent job.

The orderly implementation of the Supreme Court decision, therefore, cannot be left solely to those who may not have the economic resources to carry the legal action or who may be subject to harassment.

Other features will be also requested, including greater protection for the right to vote. But legislation, I repeat, cannot solve this problem alone. It must be solved in the homes of every American in every community across our country. In this respect I wanna pay tribute to those citizens North and South who've been working in their communities to make life better for all. They are acting not out of sense of legal duty but out of

publique. Nous avons réussi à convaincre beaucoup de circonscriptions de la supprimer volontairement. Des douzaines de districts ont accepté les Noirs sans violence. Aujourd'hui, un Noir étudie dans un établissement bénéficiant de subventions publiques dans chacun de nos 50 États, mais cette évolution est très lente.

Aujourd'hui, bien trop d'enfants entrés dans des écoles primaires ségrégationnistes au temps de l'arrêt de la Cour suprême il y a neuf ans[1] entreront cet automne dans des lycées ségrégationnistes, ayant subi une perte qui ne pourra jamais être réparée. Le manque d'éducation décente refuse aux Noirs la chance d'avoir un emploi décent.

La mise en application de l'arrêt de la Cour suprême ne doit donc pas être assumée uniquement par ceux qui ne peuvent pas supporter les frais d'une action en justice ou qui peuvent être soumis au harcèlement.

D'autres choses seront demandées au Congrès, dont une plus grande protection du droit de vote. Mais la législation, je le répète, ne peut pas résoudre ce problème à elle seule. Il doit être résolu dans chaque foyer américain, dans chaque communauté du pays. À cet égard, je tiens à rendre hommage aux citoyens du Nord comme du Sud qui ont œuvré dans leurs communautés à rendre la vie meilleure pour tous. Ils n'agissent pas par obligation légale, mais par

---

1. En 1954, un arrêt de la Cour suprême avait déclaré inconstitutionnelle la ségrégation raciale dans les écoles publiques. (*N.d.T.*)

a sense of human decency. Like our soldiers and sailors in all parts of the world they are meeting freedom's challenge on the firing line, and I salute them for their honor and their courage. [...]

This is one country. It has become one country because all of us and all the people who came here had an equal chance to develop their talents. We cannot say to ten percent of the population that you can't have that right ; that your children cannot have the chance to develop whatever talents they have ; that the only way that they are going to get their rights is to go in the street and demonstrate. I think we owe them and we owe ourselves a better country than that.

Therefore, I'm asking for your help in making it easier for us to move ahead and to provide the kind of equality of treatment which we would want ourselves ; to give a chance for every child to be educated to the limit of his talents. [...]

We have a right to expect that the Negro community will be responsible, will uphold the law, but they have a right to expect that the law will be fair, that the Constitution will be color blind, as Justice Harlan said at the turn of the century.

This is what we're talking about and this is a matter which concerns this country and what it stands for, and in meeting it I ask the support of all our citizens.

Thank you very much.

respect de la personne humaine. À l'instar de nos soldats et de nos marins partout dans le monde, ils relèvent le défi de la liberté sur la ligne de front et je salue leur honneur et leur courage. [...]

Nous formons un seul et même pays. Il a acquis son unité parce que nous tous et tous ceux qui sont venus ici ont eu la même chance de développer leurs talents. Nous ne pouvons pas dire à dix pour cent de la population qu'elle ne peut pas avoir ce droit ; que ses enfants ne peuvent pas avoir la chance de développer tous leurs talents ; que leur seul moyen de faire valoir leurs droits est de descendre dans la rue pour manifester. Je pense que nous leur devons et que nous nous devons un meilleur pays que ça.

Je vous demande par conséquent votre aide pour qu'il nous soit plus facile d'aller de l'avant pour [leur] offrir le traitement égalitaire que nous voudrions pour nous-mêmes ; pour donner une chance à chaque enfant d'être éduqué dans la mesure de ses talents. [...]

Nous avons le droit d'exiger que la communauté noire soit responsable et respecte la loi, mais elle a le droit d'exiger que cette loi soit juste et que la Constitution, comme l'a dit le juge Harlan au tournant du siècle, ne distingue pas les couleurs.

Voilà le fond du problème, un problème qui concerne ce pays et ce qu'il représente, et pour pouvoir le résoudre, je demande le soutien de tous nos citoyens.

Merci beaucoup.

Traduit de l'anglais
par Aline Weill

Chronologie*

1909 : *Naissance de la National Association for the Advancement of Colored People (NAACP), une organisation spécialisée dans le combat juridique pour faire avancer les droits des Noirs américains.*

29 mai 1917 : Naissance de John Fitzgerald Kennedy dans la banlieue chic de Boston, au sein d'une riche famille catholique originaire d'Irlande.

19 mai 1924 : Naissance de Malcolm Little, fils d'un pasteur baptiste auto-ordonné qui préconisait le retour en Afrique et d'une mère métis.

1930 : *Naissance à Detroit de l'organisation Nation of Islam. Un mélange de nationalisme africain et de racisme anti-Blanc.*

1946 : Âgé de 21 ans, Malcolm Little, cocaïnomane, est condamné à dix ans de prison pour vols. C'est derrière les barreaux qu'il entre en contact avec des adeptes de Nation of Islam.

JFK est élu au Congrès des États-Unis en tant que représentant démocrate.

---

* Les événements historiques sont présentés en italique.

1952 : JFK est élu sénateur démocrate du Massachusetts.

Malcolm Little est libéré après avoir purgé les deux tiers de sa peine. Il s'implique dans l'organisation des Noirs musulmans et devient Malcolm X.

1954 : *Apparition du mouvement des Black Muslims. Leur but : créer une nation noire et non chrétienne. La religion chrétienne étant celle des marchands d'esclaves, celle qui a détruit la culture, la langue et la religion, du peuple noir.*

17 mai 1954 : *La NAACP obtient la condamnation de la ségrégation dans l'enseignement public. À partir de cette décision de la Cour suprême s'organise le mouvement des droits civiques pour l'application de cette décision.*

24 septembre 1957 : *Le président Eisenhower envoie les parachutistes à Little Rock (Arkansas) pour faire respecter la législation antiségrégationniste. Les politiciens et l'opinion du Sud résistent.*

1960 : Les Black Muslims élargissent leur audience, Malcolm X devient l'un de leurs leaders.

8 novembre 1960 : *À l'élection présidentielle, les électeurs noirs ont voté à 78 % pour J. F. Kennedy. À une faible majorité, il devient le premier président catholique du pays.*

28 août 1963 : *Les syndicats et les associations noirs organisent une marche sur Washington « pour l'emploi et les libertés ». Elle se transforme en une vaste manifestation (200 000 personnes) de soutien au Civil Rights Bill de JFK.*

22 novembre 1963 : *Assassinat du président Kennedy à Dallas (Texas). Immédiatement, le vice-président Lyndon Johnson prête serment et prend la direction de l'exécutif.*

Décembre 1963 : Rupture de Malcolm X avec Nation of Islam. Il fonde l'Organisation de l'unité afro-américaine.

1964 : *Émeutes à Harlem.*

Malcolm X se rend en Afrique et au Proche-Orient.

Le 14 octobre, le pasteur Martin Luther King reçoit le prix Nobel de la paix.

21 février 1965 : Malcolm X est assassiné. Trois Noirs sont condamnés, en avril 1966. Deux d'entre eux sont membres des Black Muslims.

11-17 août 1965 : *Émeutes raciales à Los Angeles : 34 morts et plus de 800 blessés.*

Juin 1966 : *Le slogan « Black Power » apparaît pour la première fois lors d'une manifestation dans le Mississippi. Il donne naissance à un mouvement qui prône l'abandon de l'idée d'intégration et revendique le pouvoir dans les villes, les quartiers et les comtés où les Noirs sont majoritaires.*

Été 1966 : *Émeutes dans plusieurs grandes villes du nord et de l'est des États-Unis. La police fait face à des groupes armés.*

Octobre 1966 : *Apparition du parti des Black Panthers à Oakland (Californie).*

7 novembre 1967 : *Un Noir est élu maire de Cleveland, ville industrielle de l'Ohio.*

Avril 1968 : *Assassinat du pasteur Martin Luther King à Memphis (Tennessee) et de Bobby Huton, leader des Black Panthers.*

29 mai 1973 : *Un Noir est élu maire de Los Angeles.*

RÉALISATION : NORD COMPO À VILLENEUVE-D'ASCQ
IMPRESSION : NORMANDIE ROTO IMPRESSION S.A.S. À LONRAI
DÉPÔT LÉGAL : FÉVRIER 2011. N° 104081-2 (1701263)
Imprimé en France